등대

초판 1쇄 인쇄 2011년 06월 03일
초판 1쇄 발행 2011년 06월 10일

지은이 | 김영범
펴낸이 | 손형국
펴낸곳 | (주)에세이퍼블리싱
출판등록 | 2004. 12. 1(제315-2008-022호)
주소 | 서울특별시 강서구 방화3동 316-3번지 한국계량계측협동조합회관 102호
홈페이지 | www.essay.co.kr
전화번호 | (02)3159-9638~40
팩스 | (02)3159-9637

ISBN 978-89-6023-617-2 03810

신오감도 新鳥瞰圖

등대

시인 김영범 시집

ESSAY

프롤로그

시는 여러 나라에서 배우고 외국에서는 운율 시와 무운 시를 구분한다는데 왜 우리나라에서는 운율 시와 무운 시를 분류해 가르치지 않는 걸까요?

이상님의 〈오감도1〉은 운율 시일까요? 무운 시일까요?

시는 운문韻文이라고도 하고, 구어체로 써야 한다고도 하는데 그 이유는 무엇일까요?

운문과 작문은 구체적으로 무엇이 다른 걸까요?

운문과 작문의 학문적 변별성은 구체적으로 제시할 수 없는 걸까요? 또한 시인의 시와 – 미당 선생과 같은 유명 시인이 썼다 해도 – 시인의 시라 하기 부끄러운 수준은 입증할 수 없는 걸까요?

사회적으로 인정하는 통과 의례를 – 신춘문예 같은 – 거쳐 등단한 이들이 발표하는 작품은 다 시인의 시로 하자가 없는 것일까요?

시를 창작하는 방식으로는 – 초중고 시절 글짓기 시간에 작문을 완성하듯 – 단순히 시의 형식만 빌어다 쓰는 아마추어 방식과, 오랜 습작 과정을 거치며 결국 – 아마추어들이 시라고하는 작문 단계와 다른 작법으로 – 시인의 경지에 도달했음을 증명하는 방식이 있다는 사실은 아시는지요.

시와 운율의 관계는 태생적으로 서로 떨어져서는 존립조차 불가한 관계이지요. 그렇기 때문에 시인의 시는 기본적으로 함축적 내포적 문장 속에 형상화 된 운율이 내재되어 있음이 입증되어야 하는 거랍니다.

쉽게 말하면 시인의 경지에 도달하지 못한 – 습작 단계를 탈피 못한 작문 – 문장은 운율적으로 형상화를 하지 못해도 상관없지만, 진정 시인의 경지에 도달한 시인의 시는 반드시 내재 된 운율이 구체적으로 드러나게 형상화되어 있어야 한다고 규정된 장르란 말이지요.

작품을 들어 설명하면 윤동주님의 "자화상"처럼 장르적 특성에 부합되게 운율적으로 형상화 된 문장은 시인의 시로 하자가 없지만, 같은 제목인 미당 선생의 "자화상"처럼 운율적으로 형상화되지 못한 문장은 시인의 시라 하기에도 부끄러운 문장이란 뜻이죠.

앞의 설명처럼 시는 운율적으로 형상화된 문장이냐 아니냐에 의해 시인의 시 문장과 시인의 시라 할 수 없는 문장이 분류되지요. 그러므로 진정 시인의 경지에 도달한 작품과 그렇지 못한 문장을 정확히 파악하려면 먼저 운율의 정체를 명확히 알아야 하지요.

현재 대한민국에서는 운율과 음률(리듬)을 동일시하고 있는데, 구체적으로 증명할 수도 없는 이러한 추상적 지식은 대단히 잘못된 오류이지요.

운율이라는 존재는 함축적 내포적 문장 속에 내재되도록 시인들 개개인이 인위적으로 형상화를 해야 하는 개념적 정체인데 어찌 음률(리듬)적일 수가 있겠습니까.

국어사전에 등재된 내재란 뜻은 '사물을 규명할 수 있는 원인이 그 사물 속에 있음'이지요. 즉 시라는 문장은 시라는 사물을 규명할 수 있는 원인(운율)이 그 사물(시) 속에 있음이라는 뜻이지요. 이 말은 곧 시라는 사물(작품)은 반드시 운율적으로 형상화된 문장 속에 내재되어 있는 운율이 드러나야 만이 시라는 사물임이 입증되는 거란 논리지요.

형상화란 뜻은 '예술 활동에서 구체적인 형形을 취한 상像(모양)을 그리는 일'이라 등재되어 있고, 형상이란 '감각으로 포착한 것이나 심중의 관념 등을 예술가가 어떤 표현 수단에 의해 구상具象화 하는 일'이라 등재되어 있지요.

감각적 형상이나 심중의 관념이 음률(리듬)적 정체인가요?

아니거든요.

현재 대한민국 교육에서 진리적 진실처럼 주입하는 지식을 - 운율韻律과 음률(리듬)을 동일시하는 것을 - 한번 생각해 보지요. 일단 운율과 음률(리듬)이 동일한 것이라 치고, 시는 함축적 내포적 문장 속에 형상화된 운율이 내재되어 있어야 한다고 규정된 서식에 입각해, 내재의 ― 사전적 ― 의미에 부합되게 운율의 정체를 증명해 보라 한다면 증명할 수 있을 까요?

아마 못할 겁니다. 만약 제시하지 못한다면 내재란 뜻이나 형상화의 정의에 어긋나므로 거짓이란 얘기가 되는 거지요. 증명을 못한다는 것은 곧 운율의 정체는 결코 음률(리듬)적인 것이 될 수 없다는 얘기가 되는 것 아니겠어요.

운율이라는 정체는 시인들 개개인이 포착한 시상을 형상화 했을 때 내재 되는 함축적 존재라서 음률(리듬)과는 하등 연관성조차도 있을 수 없답니다.

운율韻律의 한문 표기는 운치韻致 운韻자에 법 율律자이지요. 운치韻致의 사전적 의미는 '고아한 품위가 있는 기상'이고요.

소리 음자에 법 율律 자를 쓰는 음률音律이라는 사전적 뜻은 [소리 음악의 가락]이지요. 즉 '고아한 품위가 있는 기상'이란 뜻은 이성적으로 판단하는 개념적 의미라 음률(리듬)과는 같을 수가 없다는 거죠.

'고아한 품위가 있는 기상'이란 운치의 뜻처럼 운율韻律이라는 정체는, 고상한 느낌이나 감각적 형상形象들이 가시적으로 구체화되는 개념적 모양이기 때문에 음률(리듬)적일 수가 없는 거죠.

운율의 정체를 쉽게 제시해 본다면 만인이 위대하게 느낀다거나 정신적 감복을 불러일으키게 만드는 종류라 할 수 있을 겁니다. 인간적 이성으로 판단하는 고아(高雅=고상하고 우아함)미를 뜻하는 의미적 요소이니까요.

시인들은 시상을 포착해 시를 쓴다고 하지요. 시인들이 시상을 포착해 시를 쓴다는 일은 단순히 음률(리듬)적으로 여겨지는 어떤 것을 포착해 쓰는 것이 아니라, 아름답다거나 절실하게 여겨지는 느낌이나 소산을 포착했을 때 시상을 포착했다고 하는 거란 말이지요. 즉 시상으로 포착되는 감각적 느낌이나 관념적인 것들이 바로 운율의 정체로 형상화되어 내재되는 거란 말이지요. 그러므로 시인이 시상을 포착했다는 뜻은 곧 - 운율적으로 형상화할 - 하나의 개념을 포착했다는 뜻이 되어야 하는 거죠. 그렇기 때문에 시인이 시를 쓴다는 일은 음률(리듬)적 통일성을 추구하는 작업이 아니라, 시상으로 포착한 한 개념이 구체적인 모양을 갖추도록 인위적 작업을 하는 거란 말이지요.

운율이라는 존재 자체가 - 인간의 신체에서 생성되는 영혼

(정신)처럼 - 문장 속에 지니고는 있으나 드러나지 않는 정체인데 어찌 음률(리듬)적일 수 가 있겠습니까.

시는 함축적 내포적 문장 속에 형상화 된 운율이 내재되어 있어야 한다고 익히 알려져 있기는 하지만 - 그것이 반드시 그런 서식으로 써야 한다고 - 약속된 규정인지는 아직 모르는 대한민국의 교육 현실이지요. 하여 이 서식을 좀 더 구체적으로 설명하면 '시인의 시는, 시인의 시임을 증명할 구체적인 증거가, 시라는 문장 속에서 입증 되어야 시인의 시임을 증명하는 것' 이기 때문에, 이 서식이 바로 시인의 시에 부합되는 전제 조건 같은 거란 말이지요. 왜냐하면 함축〈속에 지니어 드러나지 않음〉적, 내포〈한 개념이 포함하고 있는 성질이 전체가 되는 속성〉적 문장 속에, 형상화 된 운율이 내재〈사물을 규명할 수 있는 원인이 그 사물 속에 있음〉 되어 있어야만이 시인의 시라 할 수 있다는 논리이니까요.

셰익스피어의 작품 소네트18로 예를 들면 /Shall I compare thee to a summer's day/ 같은 행에서 thee 는 몇 인칭인지가 분명히 규명되어야 운율적으로 형상화 된 진실이 드러난다는 뜻이지요.

/나는 너를 여름날에 비교할 것이다./ 라고 번역되어 출판

된 내용이나, 학교에서 배운 방식 그대로 번역을 하면 2인칭 이지요. 그러나 문제는 이 문장은 시의 문장이라는데 있지요.

앞에서 말했듯 시는 장르 고유 서식에 입각해 완성해야 하는 문장이기 때문에, 번역 역시 규정된 서식에 입각해 번역해야 하지요 그렇지 않으면 왜곡될 수밖에 없으니까요.

/나는 당신(나를)을 한창 때의 날(전성기)에 비교하지요./ 로 번역되어야 문장 전체에 내재 된 운율의 통일성에 부합되지요. 어찌 보면 별로 다른 부분이 없는 것 같지만 운율적으로는 많이 다르지요. 무엇보다 먼저 인칭명사가 달라지니까요.

운율의 정체를 제대로 파악하느냐 아니냐에 따라 인칭까지 달라지는 문장이 시라는 장르이기 때문에, 시는 기본적으로 습득해야할 예비지식을 숙지하지 못한다면 왜곡하기 쉽다는 진실을 깨달아, 구어체具語體 시詩가 대부분인 제 시집의 진실도 구체적으로 인지했으면 좋겠다는 바람이네요. 그리고 Epilogue(에필로그)도 꼭 읽어 보세요. 그러면 시를 보다 정확히 이해하는데 도움이 될 겁니다.

참고로 영국 시인들은 수백 년 전부터 시는 구어체로 써야 한다고 했다는데, 영국 시인들이 말하는 구어체시란 뜻의 한

자 표기어는 具語體가 되어야 하는 거랍니다.

현재 대한민국에서는 구어체시를 말할 때 한자 표기를 구어口語와 동일시하는데 이것 역시 대단히 잘못된 지식의 오류이지요.

구어口語의 영어 단어는 colloquial이지요. 이 단어의 본래 의미는 '교육을 받은 사람이 평소에 쓰는 말이란 뜻으로 무식자의 말과는 다름'이지요. 즉 우리들이 표준어라 하는 의미와 비슷하지요.

시라는 문장에는 표준어만 써야 하다는 제약이 있을 수 있나요? 없지요. 단 시는 글을 도구로 운율이라는 정체가 드러나도록 형상화하는 작업이기 때문에 – 작문과는 다른 – 운율을 확인하기 위해 필요한 서식은 존재할 수 있는 거지요. 운율이라는 정체 자체가 시인이 인위적으로 형상화를 했을 때 내재 되는 존재이고, 내재된 그 형상은 드러나지 않게 존재하는 독특한 정체라서, 반드시 구체적으로 형상화를 해야 만이 보다 명확히 규명될 수 있는 정체이니까요.

시에 관련된 지식은 구체적인 증거로 증명이 되는 교양적 성질이라 지성인이라면 기본적으로 알고 있어야 할 예비지식 같은 소양이지요. 지성인들의 예비지식 같은 종류이기 때문

에 시는 구어체具語體로 써야 한다는 수백 년 전 주장이 현재

에도 유효한 논리로 통용 되는 거라 사료되고요. 만약 논리에

어긋나는 주장이었다면 벌써 폐기 처분되었겠지요.

차 례

신오감도新鳥瞰圖 1

향기로운 바람은 앓아도,
별빛 천장의 숲을 치는데,
우거지게 부르튼 시공은,
애도의 결재마저 헐게;
입맞춤한 발 핌을 쓰다,
일기가 불손하자 개 는,
공작의 장기로; 잡는
임의 처방을 민다.
눈치 까기도 노련해,
줄 만 매는 영감들은,
코치 없어도 선수라,
애먼 애들을 방패로,
애꾸의 진을 펴는;
고달픈 요새의 틀로,

구멍이 나게; 쥐는,

유지의 굴로; 명색을

파는 기생을 불러,

노래도 철창에 가둔다.

앓아도 향기로운 바람은,

미리 내 향유의 발을 딛는데.

신오감도 新烏瞰圖 2

해가 떴는데도,
그들은 왜,
낮 도 어두운,
구름의 뭉치로,
바닷가 절벽에서,
사른 몸을 키우는,
장부들 고지가,
산 수 된 바위에,
암수를 뻗쳐,
무리 진 생리의
기상에서; 멀어지는
돌을 던지나.

별들의 폭력이
어둠을 치는:
방면의 벼랑에서,
수명을 파는,
사주의 논지들이,

폭주를 재촉하는,
상품의 기술은
왜; 촉도
사리게 잡는,
사정의 손을 빌어;
접게 배인 자로,
서기를 재나.

꿀 먹은 벌들이,
처소만 짓는:
우리의 고장은,
벌에 쏘일지라도,
얼굴은 차리게,
거품 세안을 하는,
세수마다 다 다른,
입맛의 물질로,
실명을 수장해
칠흑인; 전도는 왜,
초가 타는 심지로,
밤을 까게 하나.

신오감도 新烏瞰圖 3

역사를 증설하는;
전략의 기지에,
편도선 전철이,
꽃피는 진화의;
역으로 달리네.
신체가 타는;
전력의 실체는,
노선마다 사귀는,
애모를 새겨,
사주의 비명이,
허기를 애도해도,
흠모를 고문하는,
심사의 시위에,
영치된 법칙이,
자비를 멀미해,
당도만 갈망하는
질주는 평화의;
역으로 가네.

꽃의 궁전으로 오라

오라! 임이여 그리고 취하라.

매 냥 트이고 싶은 꽃들,
자립의 몸뚱이로 피어야 하는;
향기의 열량 고백하는 독백,
들어라 손님이여 그리고 취하라.

우물로 인한 갈증의 형벌인 냥;
은폐된 접대의 잔에,
그대 비친 고독의 물,
마셔라 손님이여 그리고 취하라.

작동의 강이 육성하여,
인생마저 좌우 되게;
타는 불꽃 기름에,
부어라 손님이여 그리고 취하라.

주문에 붙이는 짝을 위하여,
주도에 붙이는 전진을 위하여,
주로에 붙이는 행복을 위하여,
따라라 손님이여 그리고 취하라.

오라 손님이여 그리고 취하라.

신오감도新烏瞰圖4

봉황의 발톱이,
벼슬을 수탈해,
병아리들 둥지는,
품기도 벅찬데,
강변의 살기만
우짖는: 수단에
열을 소통으로,
알 까는 반도는,
보수의 재기로,
공복만 체계화해,
부족마저 고사하는,
도량의 계기 속에,
부화만 기승인;
성화의 시장이지.

신오감도新鳥瞰圖5

사리에서 불어난 키가,
도안의 질을 길러,
고안 된 해발의 돛에,
성전을 구애하는 배는,
포구의 방향을 나침반으로,
꽃의 문패를 달아,
별의 존재로 해득하는
수위를 정원에 새기지.
후세의 이름을 후원하는;
영화가 대기의 전략이라.

신오감도新烏瞰圖6

부침의 전도라,
작동한 시계는,
태업을 감아 줘야;
초침도 사는데,
태엽의 단수는,
폐단과 피아도;
바로 못하네.
시침은 외면 한 채,
종에만 동조하는;
시류가 대세라,
오류가 난무해도,
탈도 잡지 못하네.

국사의 패

암기에 빠지는;
암수를 따라도,
심지가 타는;
심사가 익지.
주어 비고 고르도록,
사르는 날 난 고지가,
다리는 수로 열고,
막은 향기 차게,
수시로 짐을 펴고;
내는 꽃이 패이기에.

신오감도新烏瞰圖7

왜 굴을 파나?
차도와,
인도와,
차별이,
전경인,
시청의 광장에
닭장차로
왜 굴을 파나?
시장의 가치를,
모이로 편 채,
밀어 치는 기술로,
씨름하는 한 강에,
수장의 배를 띄운,
기회와 도모해,
살기를 도굴하는,
연장의 패에도,
수기는 야기 해,
성화를 켜는데:
소통을 기도한다며
왜 굴을 파나?

신오감도新烏瞰圖8

의자가 부서진다.
고치는 강변마다,
감춰진 체증에;
자비가 헌다.
사장의 기술로,
연출하는 덫에,
시장의 단장이,
혈로를 짜도,
사기의 단수로,
수술을 진단한,
공작이 처방을 해,
조제로 포장되는,
공사의 시공에,
길이 버려진,
보수가 앉아,
의자가 부서진다.

신오감도新烏瞰圖9

크게 지는 노래는,
부르게 읽힌 악보라,
무지개 치는 덩굴마다,
정열의 열기가 달리지.

악기를 연모해 붙은 심지에 불은,
육신과 영혼을 기름으로 타며,
천둥도, 번개도 연주해,
폭풍우의 공략에도 꺼짐이 없지.

눈 먼 살모사의 혀로 악수를 피리 불어도,
편애의 구실로 독기를 살포하는 구렁이가,
꿈을 결박하는 치료를 강구중이라 꾸며도,
진료의 전이가 번지 게 틀어,
꿀만 빨아 먹는 벌의 술수를 다는데,
소산所産을 말살 시킬 수 있겠는가?
대기를 도려 낼 수 있겠는가?
길은 소통할 수 있어야 통행 하지 않는가.

찰나의 기록(동창회 후)

역사의 세공에,
수탈당한 견적을,
자비로 동반하는;
동안의 동무들,
숲 깊게 산 속에서,
이른 들 무지 개네.
넌출에 감긴,
도래의 비화,
안주로 빚으며,
벗은 별명 불러들인,
무늬 몫을 재생하게,
얇은 지붕 서리 내린,
향수도 유치해,
세수가 부화 된,
고향의 골목길에,
아이들을 부리네.

신오감도新烏瞰圖10

탈이 가란지게,
수면위의 수치를,
물갈퀴로 지탱하는;
조류의 날개 짓에,
파장을 적다,
빠지는 깃들이,
파문을 벌리는,
새 들의 호 수에,
물들어 찬; 고사마저
매장된 정가는,
가격뿐인 질기로,
유통되는 이내,
부인이 도안된,
사고가 상품이네.

신오감도新烏瞰圖11

가람은 시인을 부려,
시선마다 돛을 친,
술래의 승선을 띄우는데,
항구에 미로 담는;
해 진 선상의 세기는,
유지의 노트만 열어,
갈린 물질의 키마다,
항법의 거리를 잡으려,
기도를 그린 항로에,
표류된 지도만 기지해,
노선마저 고장을 타지요.
강은 시인을 부리는데.

신오감도新烏瞰圖12

청춘의 날을 가는데,
역성은; 고전의 땀으로,
청년을 깁는 도처에,
배인 수 가 이네.
장기로 부화된 운신은,
항구의 전보를 읽는;
젊음을 길러 왔건만,
차진 투하의 소장 속에,
신장이 꺾이는 수치가,
탈진의 낙관을 찍는,
애꾸눈 공사의 도지에,
진정은 도정의 종이라,
장년에 드는 공복은
정상의 때를 읽네.

군화가 풀렸다

군화가 풀렸다.
전진을 위해 발을 묶던;
구호 어디로 가는지.

역사를 다지는;
보국의 결의 동여,
발톱 세우던 전우애로,
강토에 우레가 쳐도,
바다가 경련을 해도,
풀어지기 전 나는 위로,
피의 증언을 하던,
군화가 풀렸다.
신성의 역으로,
영토를 매 던,
영수의 성찰이,
사단이 숲에서,
비명으로 메아리치는,
수치로 인화 되게.

전진을 위해 발을 묶던,

의식은 어디로 뛰는지.

끈이 풀렸다.

신오감도新烏瞰圖13

시공의 공지를 경주하는 인사로,

배정한 구역의 도출을 합의하여,

대장장이들에게 대장간을 맡기는 공사는,

꽃을 생산할 화덕을 달구라는 명이지,

화기만 풀무질하라는 일 아니지.

대장장이로의 물건보다 대중적인 질을,

가치로 출하해야 하는 책무를 망각하고,

대장간만 상품이 되게 하는 상술에,

민생고가 적채 되면 고장의 묘가 되니,

대장장이들의 기능이 재롱이어서도 안 되지.

대성이 유지 되는 사자로,

누리의 명제를 실현하려,

공정의 사명을 임무로

부여한; 대장장이들이니까.

신오감도新烏瞰圖14

1
정가를 지운,
시세의 단가가;
상술로 팔리어,
매매가 정지된
밀림의 소비에;
사리게 조이는,
주림의 심사는,
이슬도 마 네.

2
지난에 타는;
사모의 솥은,
용기가 녹슬어도;
안침은 다해,
천리가 눌지라도,
밥으로 끓이는,
용도의 그릇만큼
안주를 담지.

3

둥지의 고지를,
거치게 쳐드는,
상품을 가격 해,
너와 집 지으면,
재고; 품으며,
감기에 드는
몸살의 처방에,
체증이 나지.

4

당도도 뚫리게,
비친 심문만,
구름에 서리는,
주지의 계책은,
술책의 수위에,
묻히게 안기는,
공지를 펴; 늘,
안 수 의 도식이지.

5

회계의 도수가,
낳고; 고르는,
수위의 강수마다,
고수를 가려 진,
미수의 장부가,
소통을 삼기에,
부인의 음모로도,
자비는 엮기지.

6

시인에 끌리는;
시장의 지표에,
강제된 유혹이,
사전을 펌으로,
영어의 곡간을;
장수로 키우는,
상수의 부피가
가치인 우리.

신오감도新烏瞰圖15

나 댄 구름은,

개 도 무지개 띄워,

양이 치는 대기로,

흘러가는 우리인데,

완장은 공력만 부리고,

동량은 수장을 조리해,

차려진 대한의 가정은,

가장이 부족인 시계네.

각인의 상술로 거래 한

상인들은: 상 품 만 독촉해,

적자만 불하하는 가격으로,

채화되는 성화는; 기름만 타게.

내 앞에 임이여

붙잡지 않아도 붙잡히고,
부름 없어도 부르는 내 앞에 임이여 당신은,
보고만 있어도 너무 행복해 눈물이 납니다.
그리게 하여 그리운 폭포에,
무지개로 뜬 단풍의 영혼이,
빚어 등정하는 동화의 해발로;
지피는 질주마다 구름인 성찬이,
꽃으로 만발하기를 추구하는 숱한 만찬에서,
연일 허물어져도 다시 일으키는 내 앞에 임이여,
알 수 없게 빠트리는 깊이에서,
알아가도록 앓게 하는 당신은,
보고만 있어도 너무 행복해 눈물이 납니다.

결재

편집의 저울 위는,
추가 된 계기를 따라,
연 수의 절기가 떠,
시침을 부리는,
대전의 정류장으로;
달려 온 차 가,
그맬 집어 삼키는;
강제의 단말기에서,
타 는 목차로,
바느질 된 하자도,
하차하는 발차 속에,
자동으로 산 수 되고 있지.

선한 말(마을)

1

터 진; 동강이의 통증이,
유배로 소지되는 실형의
금단에; 뿔을 맞대고,
마력의 주제를 새기다,
고장 난 시련을 대치하는,
보안 훈련도; 피로 넘치도록,
강이 된 배달에 다 없혀,
안녕을 지킨 마름에서,
진실을 품는 자력은,
일당만 풍요한 안배보다;
사랑을 갈망하는 승인으로,
영육의 수업을 인지해,
은총인 체적은; 자비로
꽃피게 쫓는 자유라지.

2

전열을 낳는 틈에;
잠든 열세는 녹슬고,
잠깬 열쇠의 강세는;
잠긴 문을 따,
꿈꾸는 동경의 나래에,
실형이 감옥인 당도로,
환형을 붙인 우리의
바깥은 낯설어; 고 딘,
방목의 초지를 개척하는,
전방은 단장의 궁전이지.

3

남에서 북으로,
북에서 남으로 통하는 길의;
이쪽 지대는 높고,
저쪽의 대지는 낮아도,
한 길 가는 한 동네라,
이름은 동일한데 고지는 달라,
동의 패는 공생이고,
불의 패는 공사라서,

한마을 동무들끼리,

나와 그대를 나눈 대로를 선으로,

편지어 용사의 계급을 높이며,

적을 노리는 삶으로,

공방전을 감행하는 패싸움이,

작전 한권의 두께지.

4

아! 석별이 길어져,

사과도 열리지 않는 고별로,

출입금지를 선포한 문패엔,

다른 성명을 새기는 철칙의

자물통이; 고철로 굳어지고,

둘이 하나였던 집엔,

배반이 담을 넘도록,

분열의 절취만 살찌워,

부채로 엉킨 차선의

역류는; 교차 된 오류를,

사수의 우수로 소지한;

이 목 구 비 을 성형해,

가면 드러나는 얼굴로,

이상의 칼을 대지.

5

인가가 정상의 원리로,
전설이 되게 도구되고,
타도 재인 기치는,
고수의 기량을 불려,
소화의 극기를 암각 하는
영장이; 다발로 파장 된,
누더기 지문을 짜도,
유리 성 짓는 의식으로,
경계의 철책을 조율해,
고정된 정비의 궤마다,
탈선한 메아리가 비만해도,
사선의 대오를 사주한,
착오는 없애지 못해,
벌의 꿀을 따는,
나와 그대의 살기는,
달리는 계주의 몸뚱이라,
뿌리 깊은 수록 척박하고,
골이 클 수 록 위험한
저지로; 유념을 출산해,
처치한 정화를 건조하지.

6

획책의 목덜미를 핥는,
전투적 판단의 지휘들이,
실 수 의 핏대로 돋쳐,
전기로 결정되는 파편은,
오판도 삼키고 있어,
부단히 가려온 결단의
기지도; 이기의 무리로,
편 한 목전의 그림보다,
평화의 지수로 전진하는,
타협적 거리를 취하지.

7

대치를 전시로 교전하는;
연막의 포승줄을 갈수록,
대비된 연기의 기술이,
수정을 치는 감도로,
썩는 해를 감춤으로,
종전의 선택이 수작이게,
입장 고른 서로를 맞춤해,
익히는 동수의 반전으로,

혀 문 반 수를 두고 있어,
착수의 방향을 기리며,
닦임도 반동하는 역정은
포만해; 절임이 표류하지.

8

양식의 사출을 율법으로,
장진한 사단의 성형은,
동반의 의도만 조명해,
비전을 장식하는 상례에,
비례한 동조의 장치가,
구조된 비행을 장사하여,
치매에 찌든 기아로,
출혈을 베끼는 긴장의
체증은; 비상의 궤적에,
안위의 비호를 탕진하지.

9

안전은 절뚝거리고,
관용은 지조가 없어,
사고를 연장하는,
절개의 꽃말들까지,
꽃 댕기 매는,
꽃씨만 재배 해,
불발인 사정에서,
불거짐을 조리며,
꽃가마만 띄우기에,
꽃이 썩고 있지.

양지의 강도

양지로 치는 고문까지,

사치로 쓰는 햇살을

켜도; 복장이 트네.

틀어져 산란하는 알들이,

부화를 터트리는 복도,

하루치의 보증금에 치여,

일생 세를 사는 노숙에,

유배된 생활의 감리는,

가망을 처단하는 순 대로,

볶이는 신음을 토 해,

게재 된 폐이지를 제본하는,

사랑 한 장의 낭독은,

눈 감아도 외는 한편의

양식으로; 음지를 깁기에.

유배

꽃에 앉은 벌은;

꿀을 탐하기에,

촉수의 샘을 꼽고;

기름을 연료로,

역량이 날수록,

시기도 철해,

포로 된 장정들이,

키를 돌리는,

항해에 몸을 태워,

불발탄 탄피도 적채 된,

총알이 구원을 펼치는,

충격의 사선에서,

적들이 친 방어벽을 뚫고,

날 때까지 유배되지.

잎 새로 나는 백 합의 유배지엔,

연필로 밥을 해야 밥상이 차려지는

종이 위에; 온갖 기호적 반찬과,

이념적 종 재기와, 철학적 수저들로;

개념 국을 끓이는 정의와,

자비와, 동포애를 부르짖는,

소년 소녀들의 청초한 무덤 그리고,

청장년이 자진해 술이 빚어지는,

해로의 정원도 유배에 담다가,

생계가 파괴되는 파산을 부양해도,

강변의 닻에 묶인 항구의 고무가,

허무를 조이는 비루마저;

블랙홀로 빨려드는 궤도를 타서,

인도의 혀를 절단하다가도,

바람을 옹호하는 간호와 통화해,

꽃밭인 영육이 살해당한다. 오늘도 또.

외발의 입술1

그대 동경의 그대이기를,
그리고 내 임의 주인이기를;
바라는 한 짝으로 깃 쳐,
동반자로 창조되는 유목 속에,
한 생의 둥지로 사랑을 골몰하는;
외발의 입술이 마름을 탄주해,
감전의 단장에서 영금에 빠지는,
순정을 채질하여 성화인 우리,
걸작의 동화를 꿈꾸는
정원에; 명품으로 감정되게,
태어나며 지어진 한 벌이라서;
한 쌍으로 꽃피는 짝지이기를.

외발의 입술2

의 상한 옷들도
세탁하여 널면,
깁고 바래 진;
상의에 깃마다,
꽃으로 때 탄,
시기도 반추해,
해가 걷히는,
건조의 계기에,
얼룩진 고름까지,
감정된 유치가,
정선의 동강에서,
빨 아 말리네.

외발의 입술3

동거의 경전을 배치해,
동무된 동요를 기도하는;
분량불변의 심사는,
차 진 수명의 소산을,
방심의 밀어로 길어,
배우자 익힌 중독의
일정에; 동반의 발로,
신은 바람의 구름에,
축 만 된 기지도,
동행의 동정이라네.

외발의 입술4

익히는 꿈; 그
이상 이 나기에,
꽃의 대공이,
향기를 불어,
몽우리 도져도,
정 박 하게 풀어,
개화에 등을 단;
환상의 심지가,
환호로 피게,
환심을 선호하는,
환희를 기름으로,
환성을 태우 지.

외발의 입술5

철 이른 꽃은 피고,
철해둔 별은 빛을 내,
목마른 구속이 나는,
비상의 고지에 등 대,
어둠이 두드려도 켜는,
배신의 고까움까지,
삼키는 촉수로 소등을
배반하기에; 소동이
철해진 별은 빛 뿌리고,
철 이른 꽃은 맺지.

외발의 입술6

구애는 미끼도 달아,

양지의 곡간이 앓아도,

꽃을 존중하는 시인만큼,

연정을 경주하게 해,

닻을 걷어도 놀리는 미로,

적재하는 도정의 고수에,

계류 된 멍울을 묻지.

진실의 명예는 존중되는가?

정가의 양성은 신뢰하는가?

가장의 우리는 튼튼한가?

말은 부양의 경기라지만; 유치한

원숭이들만 줄을 타게 기린,

짐승들의 종합 병원에; 사료가

입원하는 조정도 모자라,

재갈을 물리는 입안이 덧나도,

오해로 간호하는 병실엔,

사주의 주사가 난무할 텐데,

실패의 대가가 피를 짜는

의사에; 인명이 희생되어도,

사과 하나 없이 펴는 책엔,

실족의 홍수인 과업 타령뿐이네.

편향한 야성만 설파하는,

외눈박이 웅변이; 흉기로

박히는 양들만 절게,

무곡만 타는 탈곡에

정곡이 찔려 탈 탈 거리게.

정부에게

오! 정부에 빠지는;
당도는 어이 잘못돼,
저리게 사귀어 진 가슴;
여미며 살아야 하는가?

아름답게 꾸미는,
위선과, 속임과, 기만까지도,
사랑이라 포장하는;
부정의 정부야!

첩이라도 간절히 원한다면,
정도의 양지에 꽃피는,
진정을 오해마라.
부인이 두렵지 않은가?

끝내 남은 정마저 강탈하려 한다면,

그대를 지우련다.

지탄 받는 딴 살림이,

가족까지도 울리기에.

등대1

수료 치매증에 걸린;
바다에 등 대,
심지의 촉수 밝히는,
파란 봉투 펼치면,
바람이 애무하는,
햇살의 포말은,
수평선을 애모하는,
파도의 너울에,
항구로 배달하는,
소포를 부치지요.

수심의 해변에서,
수포에 낚이면,
세기를 따라,
보고의 피가 도는,
고래의 우체통에서,
편지로 쏟아지는,

날인의 알갱이들이,
떼로 몰려와,
포구의 목젖은,
갈증의 어장이지요.

어둠이 빈 발 쳐도,
그림엽서를 띄우는,
전원의 빛은,
불멸이 항로를
항해하는 키로,
별들을 조명해,
방심이 빗발치는,
꽃술의 함량은,
사랑을 표구하는,
시인을 부르지요.

등대2

햇무리로 가장한 구름의 뭉치들이,

빛 친 동정으로 바람을 굴러,

희망의 잔고가 등살을 치는 저녁,

땅거미의 주파수가 거미줄로 엮으면,

땀의 강변이 범람하는 야경으로,

미리 내 안치는 문신의 강수가,

파도치는 등 대; 폭풍에 배인 수 로

조각하는 황혼 빛 성화를 켜지요.

등대3

원단의 연하장에,
신방을 꾸미는,
화공의 섬은,
거품이 피로 연,
포말의 고지가,
바다를 날조해도,
항로의 빛을,
점등하는 등 대,
키를 잡는,
사전의 열람은,
기적에 휩싸이는
항구 한 폭이네.

자유 그 수령의 독선

한 강이 성화 된,
누대의 탄주는,
들길로 배달하는,
전원의 치수에서,
명제를 캐야하는,
금맥의 광산으로,
이상을 드려놓고,
수술을 할 때마다.
수위의 머리를 앓게,
물밑도 경주해,
애로의 나신으로,
수기를 쓰는 자유,
그 수령의 독선이,
고수의 강수지.

주심의 행렬

가면 쓴 날로
꽃밭을 일구려는
공작의 깃털이,
꽃잎의 낙법까지,
훼방을 놓는 돌기에,
꽃들이 뽑낸다.

행사가 채집 된 수작의 사례에
수호의 진을 친 두레의 호 수가,
홍수를 조장하는 폭우에 시달려도,
깃발로 펼쳐지는 유지는 염원해,
제 몸 태워서라도 어둠을 떨치는;
단장의 행렬에 바침을 꾸리는데,
공작의 타래가 밝혀져도; 부인까지
공모하는 기록에 꽃들이 뽑낸다.

세탁

참새들이 지저귄다.
검은 빛의 까마귀가,
백로를 세탁한다고.
까마귀 떼들을 위해,
까만 둥지만 짓는,
술책은 숨긴 완력으로;
쥔 의상 벗겨 빨겠다는,
심보의 애꾸눈 기도가,
학살의 만행이라 해도,
외투로 도치 되는 백로의;
붉은 피를 보고 말겠다고,
야생의 부리를 쪼아 댄다.
이리들의 야욕이 범람하게;
면류관을 쓰는 강변마다,
박탈당하는 임금의 차 로,
개봉된 영화의 수치 속에,
자충수가 모이 된 반도는,

식민으로 탈색하기 용이한,

백의들만 핏 박 하는 날로,

발톱세운 폭격을 한다고,

참새들이 울부짖는다.

형량을 고민 한다.

성화의 장부

갈증이 나래를 쳐도,
접지 못하는 날에
갇혀; 가는 고름이,
애로의 공기를 출력하는
도로; 조름을 써 온,
임의 비상 적 반발까지,
열기를 열애하는 부름에,
연정의 도지를 입혀도,
단정으로 대는 간수는,
영어의 수치를 터는데,
소인의 우편만 찍어;
전시 된 답장의 전경은,
애꾸가 장부인 소포의
한 파라; 성화만 이네.

박해

벌이 모이게,
꽃을 사르는,
해의 광체로,
향기를 고문하는,
사슬의 거리는,
강도를 도구로,
정의도 착용해,
감금된 형기에,
탈의가 다쳐도,
부상 된 탈출은,
배기도록 정정한;
벽을 뚫고 있네.

밥통의 타이머

전원의 교향곡으로,

익힘을 뜸 들여,

밥이 되는 심사가,

타이머로 울리게,

안쳐진 밥통은,

양식의 뚜껑 열리기까지.

밥이 되는 뜨거움을,

기름지게 사귀고 있다,

왕성한 식욕을 만나면,

방심의 밥을 퍼주지.

맘껏 양을 늘려도,

주리는 공복이라,

배부르게 섬기다,

가난하게 벼 도,

갈구하는 밥통은

허기의 타이머라,

전기의 대금 지불하라고,

전력을 뺄 때까지 짓지.

타살

전과로 시장 한;

밥그릇에 사장이,

수장 된 창천에서,

천둥치게 쏟는 비명은,

상공의 억장이;

무너지는 비를 토해,

피가 마르도록,

버리는 착수에,

꽃이 시든다.

뼈대만 시공한,

조상의 동력이,

화마에 휩싸여도,

전기는 통하고,

진화가 불통여도,

강은 흐르는데,

목 타는 꽃은

물이 부족 해,

불로 타살된다.

외발의 입술7

정원의 발로;
디딘 백합에,
해일이 이는,
모종의 향기는,
양지가 익는,
심지의 결정에;
저린 뿌리가,
땀의 수심이게,
파는 강수라,
수위를 부리네.

짝 사랑 하나

짝을 두고 살기에,
반쪽 인 나래는,
한 벌로 맞추어지도록;
가정을 품하는데,
심사의 우리는,
배우자 중독인 애정이,
연정의 열기를 끓여,
동거를 짜주어도,
선망의 굴레 치는
호감의 짝지 찾아,
선호의 짝꿍 끼리,
교감의 샘을 파는,
한 짝을 길러,
짝 사랑 하나,
운명의 짝은 몰라,
짝으로 늠실대게 해.

용사의 성명

장전한 장정이,

상사의 성명이라,

일련의 군번,

하사하는 데로,

의식이 뿌리인;

단장에 묶이지.

별들의 계급에,

장성의 입지를,

입안한 경계가,

풍토도 재단해,

경지가 중상인,

용사의 계급도,

전술로 두는;

인사가 이름이니.

애꾸는

수료한 대인의 수업을,

과외 하는 소인은; 성화마다,

자습한 영어의 연장으로,

세인들 가슴만 찍다,

오류가 추가되는 문제까지,

외눈박이 식 교정으로,

영화만 보는 밥통들에;

밥이 되는 답지만 공정으로 해,

시술하는 상투적 채점에서,

강변을 건설하는 개나리들판은,

장식 못 한 자루에;

담긴 녹의 부식만,

입질하는 충성의 거미들이,

포획한 개미들의 주식까지,

애꾸눈으로 출제하는 설계에,

성적인 도구로 도안 되네.

임의 종이라

임의 종이라
꽃의 거둠은,
풀무도 달아,
고양의 매질이,
엎히게 매워도,
시인의 길 가려,
새 벽을 걷고,
세기를 길으려,
심기마다 단수를,
양식으로 차리는,
메뉴를 펴지.
미리 내 품는,
길이 내 입 맛을
주문하는; 상품의
식단이 고지라,
식성의 구도로,
양지를 차리는;

식량의 곡간에,

비육된 식욕이,

원망을 삶아도,

연기의 전구 켜두어,

바람이 졸리도록,

하품을 가리는,

전원의 풍구가,

부지를 끓여,

임의 종이지.

샘

고도로 퇴적 된 숲이 메아리친다.

구렁 치게 등 단 바랑의 실 어,

거듭 내게 길러 진 발마다,

오름에 내리는 오름을 디뎌;

목 축이는 임의 선으로,

등정하는 단장의 때마저,

샘의 계곡을 건너가는

바람은; 간호를 앓는다.

이름은

멀게 열리는 이름은,
설게 지우는 포기마저;
기술의 줄기를 돋게 해,
우거지는 성능의 기세로,
불림을 타는 위로가,
엮는 끈을 매게,
패기를 다는 사름에,
조름의 농도가 피지.

나그네1

젖음에 말리는;
때를 닦고 있네.
밀림에 갇혀,
도래를 부르는,
짐도 잊은 채,
인도를 쓰게,
기름을 치는,
진수를 모이로,
진지를 내기에;
임의 정에 빠져;
살려는 나그네.
별을 보며 주로 빚는,
사랑이 피게,
때를 닦고 있네.

나그네2

성화인줄도 모르게 불을 지피기에
솥은 닳는데; 아궁이는 시려,
땔 감을 구하는 나그네는 오늘도 끓이는;
땀 위에 흔들리는 네 형기를 삼겠지.
대전을 채질하는 패전의 눈물 속에,
승전의 깃발들이 찢어져도,
결전은 멈출 수 없게 세뇌 된;
중독의 사랑에 멀미하는 벌이,
꽃을 아끼지 않아도 꽃은 꽃일 수밖에 없기에,
연정의 항복 문서를 투쟁의 눈물로 채우면서도,
연장을 기원해 세뇌를 엮는 형장의 나그네는,
내일도 향기에 붙들리는 네 형기를 다듬겠지.

번역

이름을 막는 시청의
광장이; 창살에 갇히자,
간수들은 번역을 한다.
바람을 쫓는 수리까지,
영어로 엮는 매가,
갈아 편성한 발톱을,
소기의 의지로 의역해,
그릇에 담는 종들이,
하인의 기회로 부리려,
해를 부르짖은 자,
꽃을 요구한 자,
별을 보는 자들까지도,
소장으로 소인을 찍어,
붉은 줄에 걸겠다고,
백의 손에 쥐는; 목줄로,
빵마저 영치 시키며,
공력에 복종하는 벌들만,

꿀을 따게 침을 쏜다.

철창만 안 친 강도로,

안녕도 구속해,

사주를 구술하는;

인사도 번역 된다.

아리랑(我理郞)
(내 이치에 사내)

내 이치에 사내여!

그대가 역사의 주인 인,

바다엔 늘, 별과,

바람과, 구름이 늠실대,

밀림에 불을 켜는,

썰물에 더 많은 말을 빗고,

밀물에 또 시린 해일을 쓰며,

때물에 차 인 고동도 우려,

생명의 국을 끓이는:

정원은 당신뿐이지요.

대기에 박힌 뿌리가,

지배를 치는 기세로,

주지 않는 날마다

비준을 용인하는

고사의 비문을 써도

갈증에 물이 나도록,
부리는 부족의 살이라,
부침을 잇는 고지로,
떠나는 걸음은 십리도
못가; 발병을 내지요.

암수를 매는 양과
음은; 남으로 짜여,
빛을 앓는 거리까지도,
가서 돌보아야 비는,
세수의 무리 틈에서,
영글음을 엮어 내다,
벌어지는 산통의 차도,
단장의 공작으로;
꿈꾸는 둥지를 틀어,
임의 이치에 우리지요.

등대

심사를 듭니다

1

심사를 듭니다.
심지로 듭니다.
비어도 덧 난,
중독의 여정이,
원망을 구어도,
책략에 부서지는
성화의 강변이,
암투에 파여도:
사모를 사정하는,
고문의 열병이,
나래로 지피는,
구애로 말려 ,
심사를 듭니다.
심지로 듭니다.

2

심사로 듭니다.
심지로 듭니다.
인도에서 타는,
차들의 경기가,
등급을 경주해,
등 위를 결재하는,
공작의 배임까지,
고민 치게 해,
부지를 낳는;
애로의 바다에서,
빠지는 외침들이,
애타게 갈리는,
심사를 듭니다.
심지를 듭니다.

등대 093

3

심사로 듭니다.
심지를 듭니다.
가면 진 꽃도,
향기는 달아,
입안 쓴 모이가,
사기의 진보로,
해를 가리는,
당도에 멀게,
편집된 비에도,
번지는 불이,
승자의 길로,
승인함을 듣기에,
심사를 듭니다.
심지가 듭니다.

4

심사를 듭니다.
심지로 듭니다.
성전을 애모하는,
애착의 문패가,
행복을 성명으로,
대문을 공시해,
양질의 감지로,
영위를 자극하는,
항해에 등 대,
광명을 켜는,
안내의 경비로,
이상을 주선해,
심사를 듭니다.
심지로 듭니다.

책 좀 보라

책 좀 보라,
사서야!
표지를 적는 열람마다,
임의 목록 대여 하는;
책 속에 묻혀,
갈피를 쓰는 사서야!
대가가 매워도,
장수의 책을 보라.
수장도 구멍 난,
혈루의 굴착이;
꽃을 해치니,
별의 상품인;
진지의 누계가,
장기인 숲에;
인지를 붙여,

책에 물리는,

오리의 사서야,

책!

책!

책 좀 읽어라.

동백꽃의 시어
(김유정님의 소설 "동백꽃"에 붙여)

동경을 수혈하는 형장의
여명에; 유정의 심사로,
해를 수학한 거리마다,
임의 단수에 포박된;
부인이 값싸게 팔려도,
성화를 지필 수 없는 수면에
배는; 장막의 돛이,
폐지된 현장의 음모를,
개폐하는 수술 인지도 몰라,
인도를 간호하는 물질이,
동화를 켜는 강변에
핀; 예인의 전기로,
꽃의 고지를 주제한,
동백의 향기가 우네.

정전

정전이 되었는데도;
촛불을 켜지 말라네요.
꽃을 치는 가위에,
몸을 살라 빛을 내는;
통곡이 밤을 밝혀도,
위로는 버리고,
빗는 별도 없이,
짜고 보는 수인들이,
공모하는 그 물에서,
영화만 찍는 전경의 영상으로,
누리는 감독의 연행 일기에;
갇힌 어둠 속에서도,
향기를 상품으로 키우는
전기가; 전소되게,
정전에 되었는데도,
촛불을 켜지 말라네요?

촛불하나

길이 묻히도록,

제 몸 태우지만,

수없이 도사리는 어둠은,

물리치기조차 힘겹게

끝 모를 사주를 두어,

부지하는 전장의 암수에,

심지가 줄어들도록 맺히는

피의 눈물 넘치네.

빛에 다 달토록 마냥

제 몸 태우라네.

소네트31

가정 이루려는 자기 피는;

역사의 향연이기에,

꿈을 육성하는;

동경의 사주에,

사랑 머리 들면,

애정을 동반하지.

사랑 머리 숙이면,

애로를 수리하지.

수정하는 맘 다 따도록,

향기로운 꽃이고 싶어,

바람 따라 길도록,

불어나는 연정 빚어.

만나는 진심이 듣게.

맛 나는 진정이 피게.

소네트32

인도와 보도의 차는,
교통의 생리에 따라,
길이 도안 되는;
차도의 등식이라,
가다보면 갈림길에서,
신호등을 보기도 하지.
노선의 전력은 닦여서,
도로 가는 속도 밟게 되지.
달림의 고지에 말려,
경주하는 주행,
기사도 기리려,
심사를 쓰는 시행,
감정은 완전하지 못해,
이성은 감지해야 해.

소네트33

임의 심의 두어,

심기에 갇히고,

사르게 거름 주어,

떨어지는 잔고,

밑천만 남아도,

재고 재는 정서,

통지가 안아 도,

벌 게 나 서,

지게 고수한,

고치를 짓지.

졸려서 더한,

유치를 앓지.

아무 일도 아닌 척.

아무 고통 없는 척.

소네트34

수사의 성과,
주지하는 법이,
벌이 된 공과,
범죄 된 꽃이,
다발로 피게,
만발한 일도,
정상을 배척하게,
사려진 변호도,
제도한 상품이라,
고장의 족쇄에,
채임만 골라,
타는 기름에,
튀겨지는 오의.
체포되는 정의.

소네트35

수업의 질로;
도달한 신위도,
학교를 배경으로,
획득한 신분도,
양식이 밑천이라,
책을 가르치는,
편리를 골라,
주문을 시험하는,
수학의 채점은,
등위만 구축해,
공정의 수술은,
꽃피지 못 해,
죽은 지식만 외지.
진실이 사장되기도 하지.

소네트36

원천은 지지 않고,
원만함만 낳아도,
원칙이라 우기고,
원성이 세차도,
원고의 다짐,
원한 때 이루지.
원론 펴는 봇짐,
원격 조정을 하지.
원기시한 발로,
원가 빼는 철새,
원래 적은 벌로,
원형을 잊는 새,
원망만 피하네,
원흉은 없네.

소네트37

성호 그리는;

본능의 기도나,

미로 가 서는,

기품에 멋이나,

잡음 안이지.

보고를 수로해서,

사수하는 보존까지,

양지한 주파에서,

양성하는 수정이기에,

해독이 번식한,

공복의 품에,

꿈을 설치한,

닻을 올려 보아,

닿는 밀어 쫓아.

소네트38

기재해서 귀하도록,
핀 향기지요.
시절에 맞도록,
시기도 맞추고요.
웃는 날에 져서,
울다 잡힌 발이,
제 때를 걸어서,
우거지는 살이,
밀림을 부채로,
지게 부칠 때,
움트는 전기로,
미수를 갈 때,
서명하는 지수,
보고되는 보수.

소네트39

꽃의 자리기에,
향이 어리나,
주리는 강도에,
당도는 불어나,
바로 잡히기까지,
이름에 배긴,
요새를 치지.
결정은 숨긴,
만개의 속도,
끓이게 차려,
절기의 열 도,
정열로 불려,
수요는 무성케,
감성은 가능케.

소네트40

임의 뿌리로,

안 길 바라기에,

감정하는 대로;

가는 이름에,

부화된 양지는,

세공의 도해,

그리게 짜는,

출력을 가해:

진주가 빛나도,

동경이 서려,

부인에 막혀도

여신餘燼은 기려,

연장되는 기지,

역사의 피지.

소네트41

산 빛이 퇴색해도,
숲은 살기에,
바람은 멈추어도,
구름은 남기에,
여민 등도 정정한,
목차서 기름 부는,
심지가 가려 한,
사전 펴며 는,
외침 마다 적은;
새 들 쥔 채,
견뎌 낼 나은;
주림이 안은 채,
빈 가지 크지요.
빔은 뿌리치지요.

소네트42

내가 흘러,

엉킨 강으로,

햇살 일러,

이룩한 수로,

경주하는 기상은,

구름 빚기를 좋아해

미리 내서 안은,

별도 잡게 해,

바람의 베일 뒤에,

편 자리 산만해도,

시도의 목록에,

실패를 새겨도,

성취하는 여지,

지지하는 고지.

소네트43

정원의 꽃도,

인도에 피어,

동거의 짝도,

영어로 빚어,

기도하는 수리, 수리,

들음 만 찬 하게,

회계하는 우리,

숙명의 창은 열게,

예인하는 조치에,

동경을 숨겨,

숯 한 도지에,

타는 애도 새겨,

이는 내 내 불지.

동반자 찾지.

소네트44

나래 펼쳐 가는,

눈 나주어 이길,

짐과 꽃이 피는,

기술자의 길.

출전의 용틀임은,

열의 선도 꽂아,

전 방위적 전략은,

큰 방도 잡아,

쓰면 지는 날이,

배임에 절어,

살아 진 벌이,

촉수를 열어,

가난에 받치지.

가정만 남지.

소네트45

찬양 기도였다지.

공적의 수인들.

찬송의 수하였다지.

표리부동인들.

거산의 고사도,

기원은 태우고,

일해 사는 일도,

승부의 논리라고,

후광의 패 만,

미는 정비로,

계급 줄인 졸만,

약발의 희생양으로;

엮어 각하위로 간,

수장의 개간.

Epilogue

시를 운문韻文이라고도 하지요. 시詩를 운문韻文이라 부르는 이유는 무엇일까요?

만약 작문作文과는 격이 다른 시詩(시인의 작품)라는 문장은 반드시 운율韻律적으로 형상화되어 있어야 하는 문장이기 때문에 운문韻文이라 불렀던 거라면, 운문이란 뜻은 결국 작문과는 분명히 차별적인 시(시인의 시) 문장의 변별성을 존중하기 위해 지칭했던 의도적 이름일 수도 있겠지요.

다시 말해서 포괄적으로 시라 하는 수많은 작문들 가운데 오직 운율적으로 형상화 된 시문장만을 운문韻文이라 했던 거라면, 아무리 유명 시인의 출간한 작품이라 해도 운율적으로 형상화되지 않은 문장은 운문(시)이라 할 수 없다는 뜻이 아니냐는 거죠. 운문이 아닌 문장은 곧 시(시인의 시)라 할 수도 없다는 뜻이니까요.

국어사전에서 운문을 찾아보면 도무지 이해할 수 없는 정의들이 등재되어있는데, 그 중 특히 맘에 안 드는 하나를 제시해 보면 '시의 형식을 갖춘 글'라는 정의이지요.

프롤로그에서 말씀드렸듯이 시와 운율은 서로 떨어져서는 존립조차 불가한 독특한 관계라서, 시(기본적으로 시인의 시는)는 반드시 운문(시인들 개개인이 인위적으로 운율이 내재되도록 형상화한 문장)이 되어야 하는 서식이지요.

다시 말하면 운율이라는 존재는 반드시 '시인들 개개인이 인위적으로 형상화를 해야 내재 되는 존재'인데, 어찌 인위적으로 형상화 하지도 않은 채 그저 '시의 형식만 빌어다 쓴(갖춘) 글'에 존재할 수 있겠냐는 거죠.

좀 더 정확히 설명하면 현대시에서 말하는 운율이라는 정체는 시인이 인위적으로 형상화를 하지 않는 한 존재할 수 없을 뿐만 아니라, 시와 비슷한 형식의 그 어떤 글에도 존재할 수 없는 거란 말이지요. 그러므로 국어사전에 등재된 정의처럼 단순히 '시의 형식만 갖춘 글'은 – 명성 쟁쟁한 인기 시인이 멋지고 훌륭하게 잘 쓴 문장이라 해도 – 운문(시인의 시)이 될 수 없는 거란 뜻이지요.

쉬운 예로 시의 형식과 흡사한 시조나 노랫말 가사에 운율이 있어야 한다고 하나요?

아니거든요.

그 이유가 무엇이겠습니까. 운율적으로 형상화해야 하는 문장은 시 하나뿐이기 때문에 오직 시라는 문장만 운율적으로 형상화를 해야 한다는 것이지, 결코 시조나 노랫말처럼 아무리 시 형식과 흡사한 방식의 글이라 해도 절대 운율적으로 형상화해야 한다고 하지 않거든요. 즉 서로 떨어져서는 존립조차 불가한 시와 운율의 관계상 시는 반드시 운율적으로 형상화를 해야만 하는 독특한 서식書式의 문장이기 때문에 그렇다는 거죠.

시와 운율은 태생적으로 서로 떨어져서는 존립조차 불가한 관계이기 때문에, '함축적 내포적 문장 속에 형상화된 운율이 내재되어 있어야 한다'고 하는 서식에 입각해 완성한 작품만이 운문(시)이라 할 수 있는 거란 말이지요. 즉 운율이라는 존재 자체가 인간의 신체(시) 속에 영혼(운율)처럼 속에 지니고는 있으나 드러나지는 않는 정체이기 때문에 시를 운문이라

불렀던 거라면, 현재 국어사전에 등재된 운문에 대한 정의는 대단히 잘못되어 있는 것이지요.

시는 모든 것이 운율의 정체에 의해 결정되지요. 그렇기 때문에 시를 제대로 알려면 무엇 보다 먼저 운율의 정체를 명확히 알아야 하지요. 운율의 정체를 분명히 알아야 시를 운문이라 하는 이유도 깨달을 수 있을 테니까요.

운율의 정체는 내재되는 존재이지요.

내재란 국어사전의 뜻은 '사물을 규명할 수 있는 원인이 그 사물 속에 있음' 이고요. 즉 사물(시)을 규명할 수 있는 원인(운율)이 그 사물(시) 속에 있음이 내재라는 뜻이니까 – 내재의 – 사전적 의미에 부합되려면, 시인의 시는 최소한 '함축적 내포적 문장 속에 형상화된 운율이 내재되어 있음이 증명되어야 한다' 는 논리지요.

생각해 보세요. 운율의 정체가 증명되어야 어떤 문장을 운율 시라 하고 어떤 형태의 작품을 무운 시라 하는지, 또는 운율 시 문장과 무운 시 문장은 구체적으로 무엇이 어찌 다른지 등도 알 수 있는 것 아니겠습니까.

시인이라는 신분의 시전문가가 시를 쓰는 방식(서식)이나 운율의 정체도 구체적으로 제시 하지 못하며, 그저 독자들이 좋아하는 문장이나 막연히 뭔가 존재할 것 같은 형태의 작품을 시집으로 엮어내기만 하면 진정 시인의 시가 되는 걸까요.

예를 든다면 정지용 선생의 "향수"나 박목월 선생의 "나그네"는 운율 시일까요, 무운 시일까요?

시 문장 속에 운율이 존재하면 운율 시라 하고, 없으면 무운 시라 한다고 배운 지식은 있는데 왜 우린, 앞에 제시한 "향수"나 "나그네"를 비롯해 이상님의 "오감도1" 같은 시 문장을 앞에 놓고도 운율 시인지 무운 시인지 구분을 못하는 걸까요?

답은 운율의 정체를 정확히 증명할 줄 모르기 때문이지요.

불행하게도 우리 교육은 정지용 선생의 "향수"나 박목월 선생의 "나그네"는 무운 시이고, 윤동주님의 "자화상"과 김영랑님의 "모란이 피기까지는"은 운율 시이다 라고 증명할 수 있는 구체적인 증거까지는 가르치지 않지요.

시는 오로지 운율적으로 형상화되어야 하는 문장이기 때문에 운율의 정체가 가장 중요한 학문적 요점인 데도요.

아마 일부 사람들에게는 운율 시이니 무운 시니 하는 용어마저도 생소할 겁니다. 시의 전부라 해도 과언이 아닐 만큼 시에서 가장 중요한 요소인 운율의 정체마저도 옛날에나 따졌지 지금은 따지지 않는다는 궤변으로 그 존재 자체를 사장시켜버리고 있는 실정이니까요.

영국 시인들은 수백 년 전부터 시는 구어체로 써야 한다고 했고, 구어체로 시를 써야 한다는 주장이 수백 년 동안 그 합리성을 인정받고 있다면, 구어체로 써야 한다고 주장한 영국 시인들의 작품은 이미 수백 년 전부터 구어체로 된 작품을 출판했겠지요.

예를 들면 우리나라에도 잘 알려진 W. B. Yeats(예이츠)의 〈The lake isle of innisfree〉이나, Wordsworth의 〈Ode(intimations of immortality~)〉 같은 작품은 구어체시 아니겠냐는 거지요. 즉 〈이니스프리의 호도〉란 제목으로 출판된 예이츠의 시가 구어체시라면, 〈이니스프리의 호도〉란 작품 자체에서 구어체 시임을 입증할 수 있는 주제나 성격으로 증명하는 교육이 되어야 하는 것 아니냐는 거죠.

현재 번역 출판된 내용을 보면 /I will arise, and go now, and go to Innisfree./ 나 이제 일어나 가리, 이니스프리로 가리./라 되어 있고, 학교에서 배운 일반적 방식으로 번역해 보면 하자가 없는 것 같은데, 이러한 번역이 진정 옳게 번역된 걸까요? 다시 말하면 예이츠는 구어체로 시를 써야 한다고 주장했는데 이렇게 번역된 내용의 문장이 진정 구어체시 문장이냐는 거죠.

아니거든요.

시인이 시라는 작품을 창작하는 목적은 아마추어들이 시라고 하는 포괄적 의미의 작문을 창작을 하는 것이 아니라, 시인들 개개인이 인위적으로 형상화를 해야 내재되는 운율을 창조하기 위해 창작을 하는 것인데, 시의 전부라 해도 과언이 아닐 만큼 핵심 요소인 운율이 존재하지 않는 문장을 어찌 시라 할 수 있겠습니까.

시라는 문장은 오로지 운율을 나타내기 위해 창조되는 운율의 도구 같은 것이기 때문에, 아무리 시 형태의 문장이라 해도 운율이 내재되어 있지 않은 문장은 시라 할 수 없는 거지요. 그러므로 번역할 때도 본문에 형상화된 운율의 정체가 변질되어서는 절대 안 되는 것이고요.

/나 되살아나리라, 지금까지 온 이니스프리로 여전히 가니까./

기존의 번역과 크게 다르지 않은 듯하지만 운율적으로 보면 많이 다르지요. 왜냐하면 기존의 번역은 운율과 상관없는 번역이라 내재된 운율이라는 존재를 찾을 수 없거든요.

이 작품에서 arise는 시어詩語로 '되살아나다'이지요. 즉 나 예이츠는 되살아난다는 거지요. 현재 진행되고 있는 작품 활동을 통해, 살아 있는 지금도 어디선가 누군가의 입을 통해 이름이 거론되어 살아 있음이 증명될 것이고, 죽더라도 생전에 이룩해 놓은 이니스프리(예이츠 본인의 작품 세계를 형상화한 것)라는 업적을 통해 되살아날 것이라는 뜻이지요.

예이츠는 이미 고인이 되었지만 그의 예상대로 머나먼 타국인 대한민국에서까지 그의 작품을 배우는 것처럼, 노벨문학상 수상자인 예이츠는 그의 작품 내용처럼 영원히 되살아날 시인이지요.

공자님도 말하지 못한다는 것은 모르는 거라 했지요. 즉 시에 대해 제대로 안다는 것은 운율 시면 운율 시, 무운 시면 무운 시를 구체적으로 입증할 수 있어야 제대로 알고 있다는 사실을 증명하는 거란 말이지요. 운율 시와 무운 시 또는 구어체 시 문장과 구어체시라 할 수 없는 문장 같은 것을 명확히 가름할 수 있는 지식이 곧 말할 수 있는 학문적 증거이니까요.

결론적으로 말씀드리면 등단이라는 통과의례를 통과했을 때 부여 되는 시인이라는 특별한 별칭은, 이미 작문을 창작하던 습작 단계를 탈피해 진정 시인의 경지에 도달했다는 뜻이니까, 시인이라면 시인이라는 특별한 신분에 맞는 운문을 창조해 전문가적 위상을 증명해야 한다고 붙여진 이름 아니겠냐는 거죠.

시와 운율은 태생적으로 서로 떨어져서는 존립조차 불가하기 때문에 반드시 운율적으로 형상화를 해야만 하는 독특한 관계상, 시인이 시를 쓴다는 자체가 곧 운율을 형상화하는 작업이 되어야 하는 거지요. 그러므로 시를 운문이라 해도 무방

한 거고요. 즉 시인이라는 이들은 작문을 창작하는 사람들이 아니라 운문을 창조하는 사람들이란 말이지요.

좀 더 쉽게 설명하면 인간의 영혼과 신체처럼 태생적으로 한 몸일 수밖에 없는 시와 운율의 관계상, 시라는 문장은 그 자체가 오직 형상화하고자 하는 운율을 나타내기 위해 낱말이 조립되는 형태지요. 헌데 그러한 운율의 정체를 백 년이 넘도록 명확히 규명하지 못하다 보니 아무런 연관성조차도 있을 수 없는 음률(리듬)과 동일시하는 오류를 저지르고 있지요. 더 큰 문제는 그것이 오류인 줄도 모른 채 진실처럼 주장하는 궤변이 시나브로 고착화되어, 운문(시)이 아니라 고작 작문을 창작하는 수준에서 조성된 – 그 단계의 전문가라는 이들이 조장하는 – 환경이 정착되었다는 거지요. 그 결과 발전은 고사하고 미개해지는 줄도 모른 채 작문만 창작하는 세태가 토착화될 수밖에 없었을 거라 추측되고요.

운율韻律의 정체는 한자로 표기했을 때의 뜻처럼 '고아한 품위가 있는 기상' 같은 성질이 한 개념으로 내재되는 존재라서, 시인들 개개인이 구축하고자 하는 인위적 관점에 의해 문장 전체의 원리로 형상화되는 언외言外의 의미이지요. 그러므로 시는 운율의 정체 같은 예비지식을 분명히 숙지하고 있어야 제대로 이해할 수 있는 거랍니다.